有一天

有一天

文／艾莉森‧麥基　圖／彼得‧雷諾茲

譯／張淑瓊

你小的時候，我數著你的手指頭，
輕輕的親吻。

第一場雪落下來，我把你高高舉起

看著雪花在你粉粉的臉頰上融化。

一起過馬路的時候，
你會緊緊抓著我的手不放。

以前，你是我的小寶寶；

現在，你是我的大孩子了。

有時，
你在睡覺，看著進入夢鄉的你，

我也跟著夢想……

想著，有一天，你跳入

清涼又清澈的湖水中。

有一天，
你走進森林的深處。

有一天，你的眼睛會因為滿滿的驚喜，
而閃閃發亮。

有一天，你跑得

很快、很遠，你感覺心裡好像有一團火。

有一天，你蓋的很高、很高，

盪到以前不敢到的高度。

有一天，
你會聽到難過的事情，
而把自己埋在憂傷裡。

有一天，你站在風中歌唱，

讓風把你的歌聲傳到遠方。

有一天，

我會站在家門口望著你向我揮手，直到再也看不到你。

有一天，你會看著這棟房子，
想著為什麼感覺好大的地方，

看起來卻這麼小。

有一天，
你也會感覺到一個小小的重量，
倚靠在自己的背上。

有一天，
我會看著你為你的孩子梳頭髮。

有一天，
很久以後的某一天，
你的頭髮會在太陽底下閃著銀白色的光。

到那個時候，親愛的孩子，你會想念我。

繪本 0124

有 一 天（新版）

作者｜艾莉森‧麥基　繪者｜彼得‧雷諾茲
譯者｜張淑瓊

責任編輯｜張淑瓊
特約美術編輯｜唐壽南
內頁手寫字｜劉宗慧
行銷企劃｜陳詩茵、吳函臻

天下雜誌群創辦人｜殷允芃　董事長兼執行長｜何琦瑜
媒體暨產品事業群
總經理｜游玉雪　副總經理｜林彥傑　總編輯｜林欣靜
行銷總監｜林育菁　副總監｜蔡忠琦　版權主任｜何晨瑋、黃微真

出版者｜親子天下股份有限公司
地址｜台北市 104 建國北路一段 96 號 4 樓
電話｜（02）2509-2800　傳真｜（02）2509-2462
網址｜www.parenting.com.tw
讀者服務專線｜（02）2662-0332　週一～週五：09:00~17:30
讀者服務傳真｜（02）2662-6048
客服信箱｜parenting@cw.com.tw
法律顧問｜台英國際商務法律事務所‧羅明通律師
製版印刷｜中原造像股份有限公司
總經銷｜大和圖書有限公司 電話：（02）8990-2588

出版日期｜2014 年 5 月第一版第一次印行
　　　　　2024 年 6 月第一版第二十三次印行
定價｜260 元　書號｜BCKP0124P　ISBN｜978-986-241-869-7（精裝）

訂購服務 ─────────────────────────
親子天下 Shopping｜shopping.parenting.com.tw
海外‧大量訂購｜parenting@cw.com.tw
書香花園｜台北市建國北路二段 6 巷 11 號　電話（02）2506-1635
劃撥帳號｜50331356　親子天下股份有限公司

  立即購買 >

【關於作者】
愛莉森‧麥基（Alison McGhee）
1960 年出生。2002 年開始創作童書，在出版《有一天》之前，已出版過許多詩集、小說，和繪本。麥基這本書來自親身的經驗，一日夜裡她經過女兒房門外，望著熟睡的孩子，創作的意念隨即湧現，她立刻走到廚房振筆疾書，記錄下當時的感動。五年後這篇文字經過修潤後，配上彼德‧雷諾茲的完美插圖，成為感動全世界成千上萬母親們的摯情經典。麥基目前任教於美國明尼蘇達大學，教授創意寫作。

彼德‧雷諾茲（Peter H. Reynolds）
加拿大插畫家，創作了許多本繪本，包括：《點》（和英出版）、《有點樣子》、《一個我不夠用》、《好小好小的聖誕禮物》（以上為道聲出版）等。雷諾茲與艾莉森‧麥基合作的作品還有《小男孩》（Little Boy）。雷諾茲除了插畫創作外，在波士頓擁有一家媒體製作公司 FableVision。此外，雷諾茲和他的雙胞胎兄弟還經營了一家童書店。

【譯者】
張淑瓊
台北市人。努力的、努力的想給這本經典繪本一個溫暖的新面貌，希望這本小書可以繼續感動一代又一代的母親和她們的孩子們。

獻給我敬愛的嘉蓓爾‧麥基(Gabrielle Kirsch McGhee) —A.M.
獻給我們家最聰明美麗的媽媽皇后海瑟‧雷諾茲(Hazel Gasson Reynolds) —P.H.R